AF343137

CATALOGUE

DES

LIVRES RARES

DES MANUSCRITS

SUR

L'HISTOIRE, LES GÉNÉALOGIES, LE BLASON, LA NOBLESSE

ET DES GRANDS OUVRAGES A FIGURES

COMPOSANT

LA BIBLIOTHÈQUE DU CHATEAU DE CHAMARANDE

DONT LA VENTE AURA LIEU

Le Dimanche 27 Février 1876, à midi

(HEURE PRÉCISE)

ET LE LUNDI 28 FÉVRIER, S'IL Y A LIEU

AU CHATEAU DE CHAMARANDE

PAR LE MINISTÈRE DE Me **BIESTA**, NOTAIRE A PARIS

ET DE Me **ÉMILE ROBERT**, COMMISSAIRE-PRISEUR A ÉTAMPES

(Seine-et-Oise)

PARIS

ADOLPHE LABITTE

LIBRAIRE DE LA BIBLIOTHÈQUE NATIONALE

4, RUE DE LILLE

1876

CONDITIONS DE LA VENTE

La vente se fait au comptant.

Les acquéreurs payeront 10 centimes par franc en sus des enchères, applicables aux frais.

Il y aura Exposition publique le Dimanche 27 Février, de 10 heures à midi.

———

M. Adolphe LABITTE, libraire, chargé de la vente, remplira les commissions des personnes qui ne pourraient y assister.

———

HEURES DE DÉPART

(LIGNE D'ORLÉANS)

De Paris, 7 heures 15 et 8 heures du matin.
De Chamarande, 4 heures, 6 heures 20 et 9 heures 18 du soir.

Billets d'aller et de retour valables du Samedi matin
au Lundi soir

PARIS. — J. CLAYE, IMPRIMEUR, 7, RUE SAINT-BENOIT. — [245]

CATALOGUE

1. **Les Saints Évangiles,** traduction de Le Maistre de Sacy. *Paris, Imp. impériale,* 1862, in-fol. dem.-rel. mar., tr. dor.

> Aux chiffres M. de Persigny.

2. **La Vie** de la bienheureuse Vierge Marie. *Paris, Charpentier,* sans date, in-fol. cart. et nombreuses chromolithographies.

3. **Évangéliaire** in-fol., rel. en veau.

> Manuscrit sur vélin du xvᵉ siècle; il est orné de grandes lettres en or et en couleur; il est composé d'environ 300 feuillets. Des armoiries sont peintes sur les tranches.

4. **C'est la copie** du livre Saint-Pierre de Luxembourg, lequel il envoya à ma damoyselle de Luxembourg, petit in-fol. 138 feuillets, cart.

> Manuscrit daté de 1450, c'est une vie de saint Bernard, en vieux français.

5. **Tractatus** adversus hereticos, petit in-4 rel. en bois, coins en cuivre ciselé.

> Manuscrit sur papier du commencement du xvᵉ siècle.
> La chaîne qui attachait ce manuscrit tient encore à l'ancienne reliure.

6. **Histoire** ecclésiastique du diocèse de Lyon, par de la Mure. *Lyon,* 1671, in-4 rel. en veau.

7. **Cartulaire** de Notre-Dame de Chartres. *Chartres, Garnier,* 1862. 3 vol. in-4, mar. rouge, tr. dor.

Aux chiffres de M. de Persigny.

8. **Dictionnaire** des sciences mathématiques, par Montferrier. *Paris, Hachette,* 1845, 2 vol. in-4 de texte et 1 vol. in-4 de planches.

9. **The Grammar** of ornament, by Owen Jones. *London,* 1856, gr. in-fol. demi-rel., grav. en couleur.

10. **The illuminated** Books of the Middle ages, by Humphreys, illustrated by Owen Jones. *London,* 1849, gr. in-fol.. fig. en couleur sur chine, demi-rel. mar.

11. **Histoire** de l'ornement russe du x⁰ au xvi⁰ siècle. *Paris, Morel,* 1872. 2 vol. in-fol. cart.

12. **Éléments** de la Paléographie, par Natalis de Wailly. *Impr. royale. Paris,* 1838, 2 vol. in-fol. cart. fig.

13. **Bryan**. Dictionary of Painters. *London,* 1816, 2 vol. in-4°, mar. rouge, tr. dor.

14. **Smith**. Catalogue raisonné des peintres allemands, flamands et français (en anglais). *Londres,* 1831, 9 vol. gr. in-8° cart.

15. **Histoire des peintres** de toutes les écoles, publiée par Armengaud. *Paris, Renouard,* s. d., in-fol. mar. bl., tr. dor., fig. sur bois.

Exemplaire avec dédicace à M. de Persigny.

16. **Le Musée français**, publié par Robillard et Laurent. *Paris*, 1803. 3 vol. in-fol. reliés en mar. (le tome IV et les discours sont en demi-reliure non rogné.)

16 *bis*. **Galeries** historiques de Versailles. *Paris, Gavard*, 1838. 13 vol. gr. in-fol. demi-rel. mar., fig. sur chine.

17. **Galerie** du Palais-Royal, par Couché, 1786. 3 vol. in-fol. ébarbés, demi-rel. mar.

  Belles épreuves.

18. **Galeries** du Musée Napoléon, publiées par Filhol. *Paris*, 1804. 11 vol. gr. in-8° demi-rel. veau, fig. sur cuivre.

19. **Galeries** de Florence. *Paris*, 1789. 4 vol. in-fol. pap. vélin, dem.-rel., non rog., exempl. sur chine.

20. **Galeries** royales de Dresde, 1836. 2 tom. en 1 vol. in-fol. fig. sur chine.

21. **Stafford's Gallery** of Pictures. *London*, 1818. 4 vol. in-fol. gr. pap., fig. à la gouache, remontées sur pap. in-fol. teinté et rel. en cuir de Russie, tr. dorée.

  Très-bel exemplaire.

22. **The National Gallery** of Pictures. *London, sans date*, 2 vol. in-4. fig. sur acier, tirées sur chine.

23. **Les Loges** du Vatican, par Raphaël, grav. par Volpato, in-fol. oblong.

  Anciennes épreuves.

24. **Annibal Carrache**. Son œuvre ; environ 200 pièces montées en 2 vol. in-fol. rel. en vélin.

25. **Œuvres de Wouvermans,** 2 vol. in-fol., dem.-rel., tirage moderne.

26. **Recueil d'Estampes,** d'après les tableaux du cabinet de M. Boyer d'Aguille. *Paris, Baron*, in-fol.

> Belles épreuves.

27. **Œuvres de Ingres.** Gravées par Reveil. *Paris, Didot*, 1851, in-4, cart.

28. **Types d'Architecture** gothique, par Pugin. *Liége*, 1854. 3 vol. in-4 cart.

29. **Viollet-le-Duc.** Dictionnaire raisonné de l'Architecture française. *Paris, Morel*, 1867. 10 vol. in-8, demi-rel. maroq., fig.

30. **Viollet-le-Duc.** Dictionnaire raisonné du mobilier français. *Paris, Morel*, 1865 à 1873. 4 vol. in-8 br.

> Exemplaire en papier de Hollande.

31. **Topographie française,** représentation de plusieurs villes et châteaux de la France, par Claude Chastillon, mis en lumière par Jean Boisseau. *Paris, 1641.* In-fol.

> Toutes les marges de cet ouvrage rare ont été refaites. Exemplaire relié en mar. plein, tr. dor.

32. **Plans** des hôtels et maisons de Paris, gravés par Mariette, environ 400 pl., en 2 vol. in-fol.

33. **Le Palais de Fontainebleau,** par Champollion-Figeac. *Paris, Imp. impér.*, 1856. 2 vol. in-fol., mar. rouge, tr. dor.

> Aux armes de l'empire.

34. **The Mansions** of England and Wales, by Twycross. *London*, 1847. 5 vol. in-fol. cart., fig. sur acier.

35. **Musée de sculpture**, par le comte de Clarac. *Paris*, 1841. 6 vol. in-8 de texte, et 6 vol. in-4 de planches.

36. **Antiquités** étrusques et antiquités d'Herculanum, par David. *Paris*, 1785. 13 vol. in-4, reliés en veau, tr. do., fig. en couleur.

37. **Manuscrit** pictographique américain, par l'abbé Domenech. *Paris, Gide*, 1860. Gr. in-8, mar. rouge, tr. dor.

38. **Conquêtes** et Fêtes de Louis XIV, gravées par Sébastien Le Clerc et Lepautre ; environ 50 pl. en 1 vol. in-fol., relié en mar. rouge.

> Aux armes de France.

39. **Costumes** militaires français de 1439 à 1788. *Paris, Clément*, 2 vol. in-fol. mar. plein, filets tr. dor.

> Aux armes de M. le duc de Persigny.
> Figures coloriées.

40. **Uniformes** de l'armée française en 1861, dessinés par Armand Dumaresq. *Paris, Lemercier*, 1861. Gr. in-fol. cart., fig. en couleur.

41. **Illustration**. *Paris*, 1843-1862. 40 vol. in-fol., dem.-rel. mar., figures.

42. **Court Beauties** of the reign of Charles II, from origi-

nals of Gallery of Windsor, by Sir Peter Lely. *London, w. y.*
In-fol. mar. r., fil., tr. dor.

43. Portraits des réformateurs célèbres, 1587 (texte alle-
mand). 102 portraits montés sur feuille in-4, relié en veau.

La reliure est datée de 1600.

---

44. Cantus Novi Thesauri Musici ; Petri Joannelli Bergo-
mensis de Gandino summo studio ac labore collectæ. *Venetiis,
Apud Antonium Gordanum,* 1568. 6 parties in-4, reliées en
bois, musique notée.

Recueil extrêmement rare.

45. Recueil des OEuvres musicales de Gounod, Weber, Verdi,
Auber, etc. 40 vol. in-4, dem.-rel. mar.

Ce lot sera divisé.

---

46. Musée céramique de Sèvres, par Brongniart. *Paris,* 1845.
Gr. in-4, dem.-rel. mar., figures de couleur.

47. La Faïence de Nevers, par L. Du Broc de Segange.
1863. In-4, dem.-rel., figures en couleur.

---

48. Mémoire pour servir à l'histoire des hommes illustres
dans la république des lettres. *Paris, Briasson,* 1733. 44 vol.
in-12, reliure veau.

Par le père Niceron.

49. Le Livre de l'Arbre des Batailles. In-fol. rel. v.

Manuscrit de la fin du xv⁰ siècle.

50. **Le Vergier d'honneur.** *Paris, Philippe Le Noir,*
s. d. In-fol. goth., grav. sur bois et reliure en veau.

51. **Auteurs français,** publiés par Buchon. *Paris, Desrez,*
s. d. 23 vol. gr. in-8, rel., tr. dor.

> Les reliures ne sont pas uniformes.

52. **Les Fables** de La Fontaine, avec figures par Simon et
Coiny. *Paris, Bossange,* 1796. 6 vol. in-12, mar. rouge,
tr. dor.

53. **Les Œuvres de Lamartine.** *Paris,* 1860. 40 vol.
in-8, rel. mar.

54. **Les Principales** Aventures de Don Quichotte. *Liége,*
1776. In-fol., mar. tr. dor., fig. de Coypel.

55. **Les Contemporaines,** ou Aventures des plus jolies
femmes de l'âge présent.

> Par Restif de la Bretonne, *Leipzig,* 1781, 42 tomes en 21 vol. in-12
> reliés, figures.
> Manque les vol. 7 et 8, 11 et 12.

56. **Balzac,** ses Œuvres. *Paris, Furne,* 1842. 20 vol. in-8,
rel. mar.

57. **Walter Scott,** ses Œuvres. *Paris, Furne,* 1858. 22 vol.
in-8, mar. dem.-rel.

58. **Portraits** d'auteurs Forésiens, par Gui de la Grye. *Lyon,*
1856. In-8, mar. rouge, tr. dor.

> Tirés à 110 exemplaires.

59. **L'Art** de vérifier les dates. *Paris*, 1786, 3 vol. in-fol., cuir de Russie.

60. **Botta et Flandin,** monuments de Ninive. 5 vol. in-fol., dem.-rel., mar.

> Bel exemplaire.

61. **Description** de l'Égypte. *Paris, Imprimerie impériale*, 1809. 9 vol. in-fol. de texte et 12 vol. in-fol. de pl., demi-rel. mar., tr. sup. dor.

62. **Bibliothèque** historique de la France, par le père Le Long. *Paris*, 1868, 5 vol. in-fol. reliés en veau.

63. **Cartes de France**, par Cassini, collées sur toile et dans 27 cartons.

64. **Collection** de documents sur l'histoire de France, publiée par le gouvernement français, environ 95 vol. in-4° cart.

65. **Le Livre** de la moralité des nobles hommes sur le jeu des échets; sous quel roi le jeu des échets fut trouvé, etc. Translaté du latin en français, par frère Jehan, de Vignay. Petit in-fol. relié en cuir de Russie.

> Manuscrit du XIVe siècle; il contient de plus trois parties; 1° le gouvernement des rois et princes appelé le secret des secrets; 2° l'Histoire de France en vers jusqu'à Charles VI; 3° choses curieuses advenues à Paris pendant 200 ans, partie écrite en vers; le tout est en français.
>
> Une inscription annonce que ce volume vient de la bibliothèque de la chevalière d'Éon.

66. **Carte** générale de l'histoire militaire de France, par de la Jaisse, in-fol. veau.

67. **Correspondance** de Napoléon 1er. *Paris, Imprimerie*

impériale, 1858 et 1870. 32 vol. gr. in-4°, mar. rouge, tr. sup. dor., non rognés.

Exempl. en très-grand papier aux armes de l'Empire.

68. **Les Fastes** de Napoléon 1ᵉʳ, par Andréa Appiani, 1 vol. obl. recouvert en velours vert.

Armes de M. de Persigny.

69. **Archives** de l'Empire, circulaires et documents. *Paris, Impr. impériale*, 1863. 8 vol. in-4° demi-rel. mar.

70. **Histoire** générale de Paris, publiée par le baron Haussmann. *Paris, Imprimerie impériale*. 10 vol. in-4° cart. en anglais.

71. **Album** du Dauphiné. *Grenoble*, 1835. 4 tom. en 2 vol. in-4°, demi-rel. mar., fig.

72. **Les Éloges** de nos rois et des enfants de France qui ont été Dauphins de Viennois, par Hilarion de Coste. *Paris*, 1643. In-4° relié en parchemin.

73. **Histoire** du Dauphin de Viennois, d'Auvergne et de France, par le Quien de la Neufville. *Paris*, 1760. 2 vol. in-12 reliés en veau fauve.

74. **Histoire** des ducs de Bourbon et des comtes de Forez, par de la Mure, *Paris, Potier*, 1860. 3 vol. in-4° demi-rel. mar.

75. **Rôle** de Montre et Revue faite en robe en 1612 de la compagnie, par M. Dhalincourt, gouverneur en la ville de Lyon, 14 feuilles in-fol. sur vélin portant la solde touchée et les signatures des officiers de la compagnie.

76. **Éloge** historique de la ville de Lyon, par Ménestrier. *Lyon*, 1669. In-4°, figures de blason, relié en veau.

77. **Histoire** du Beaujolais. *Lyon, Perrin*, 1853. 2 vol. in-8 cart., tiré en petit nombre.

78. **Histoire** du pays et duché de Nivernais, par Guy Coquille. *Paris*, 1612. In-4 relié en vélin.

79. **Annales** de Toulouse, par Lafaille. *Toulouse*, 1787. 4 vol. in-fol. relié en mar. rouge armes sur les plats.

80. **Histoire** de Navarre, par André Favyn. *Paris*, 1612. 2 vol. in-fol. reliés en veau.

81. **Iconographie** des sceaux et bulles du département des Bouches-du-Rhône, par Louis Blancard. *Marseille, Camoin*, 1860. 2 vol. in-fol.

Dont un de planches, maroquin rouge aux armes de M. de Persigny.

82. **Liber de Libertatibus** Angliæ. In-fol. relié en bois.

Manuscrit du XVe siècle sur vélin.

83. **Histoire** des rois des Deux-Siciles de la Maison de France, par d'Égly. *Paris, Nyon*, 1741. 4 vol. in-12, mar. rouge.

Aux armes des Bourbons de Naples.

84. **Histoire** des Chevaliers de Saint-Jean de Jérusalem, par De Vertot. *Paris*, 1726. 4 vol. in-4, rel. en veau.

Exempl. en grand papier avec la suite des portraits.

85. **Historiæ** patriæ monumenta. *Turin*, 1836. 10 vol. in-fol. reliés en veau.

86. **Nobiliaire universel,** par de Magny. 7 vol. in-4, br.
(1ʳᵉ série) et t. I et II (2ᵉ série), gr. in-4, br. fig.

> Les tomes I, III et IV de la première série sont reliés.

87. **Livre** d'or de la Noblesse, par de Magny. 5 vol. in-4,
cart. tr. dor.

88. **Annuaire** de la noblesse, 1843 à 1869. 25 vol. in-12,
dem.-rel. mar., fig. coloriées.

89. **Hérault d'armes.** 1 vol. in-fol. rel. en veau.

> Manuscrit du xvɪɪᵉ siècle, avec 1,000 blasons coloriés.

90. **Traité du Blason.** 1 vol. in-fol., dem.-rel. mar.

> Manuscrit du xvɪɪɪᵉ siècle; ce manuscrit parait être de la main de
> l'abbé Bredault, né à Merceuil, arrondissement de Beaune et longtemps
> curé de Lusigny.

91. **Blasons.** Pet. in-8, mar.

> Manuscrit du xvᵉ siècle sur vélin, blasons coloriés.
> Il est composé de 45 feuillets.

92. **Recueil** d'armoiries peintes en or et en couleur, sur papier
et sur vélin. 30 pièces, collées sur papier in-folio, demi-
reliure.

93. **Histoire** généalogique de la Maison de France et des pairs
grands officiers de la Couronne, par le père Anselme. *Paris,*
1726. 9 vol. in-8, rel. en veau.

94. **De Courcelle,** histoire généalogique et héraldique des
pairs de France. *Paris,* 1827, 12 vol. in-4, demi-reliure mar.

95. **Mémoire** et statistique sur les Bourbons et émigrés,
1810, in-fol. cart.

> Manuscrit qui porte sur la première garde cette mention : *Remis à
> Sa Majesté, le 1ᵉʳ septembre 1810.*

96. **Armorial de Bretagne,** par Guérin de la Grasserie, *Rennes,* 1845-1848. 2 vol. in-4, cartonnés.

97. **L'Armorial du Dauphiné.** *Lyon,* 1867, grand in-8 cart., figures.

98. **Rôle** des bans et arrière-bans du Forez.

   Manuscrit in-fol., demi-reliure maroq.

99. **Généalogie** des principales familles de Paris. in-folio relié en veau, blason colorié.

   Manuscrit du xviiie siècle très-bien exécuté : il contient environ 500 blasons.

100. **Pièces** sur la maison de la tour d'Auvergne et de Lauraguais, environ 40 pièces, reliées en 1 vol. in-fol., veau.

   Ce recueil a fait partie de la bibliothèque de Lamoignon ; il contient des pièces imprimées et manuscrites des xvie et xviie siècles.

101. **Histoire** de la maison de Chastillon, par Duchesne. *Paris,* 1621, in-folio relié en veau.

102. **Histoire** généalogique de la maison des Chateigniers, par André Duchesne. *Paris,* 1634, in-fol., veau.

103. **Histoire** généalogique de la maison de Courtenay, par du Bouchet. *Paris, Dupuy,* 1661, in-folio relié en vélin.

104. **Histoire** généalogique de la maison de Gondy, par de Corbinelli. *Paris,* 1705, 2 vol. in-4 reliés en veau, armoriés.

105. **Table** généalogique de la maison Puydufou, in-folio, maroquin, armoiries coloriées.

106. Nobiliaire d'Auvergne, par Bouillet, *Clermont-Fer-rand*, 1846, 8 vol. in-8 demi-reliure maroq.

107. Généalogies, 5 vol. petit in-8, demi-reliure,

Manuscrit du xviii° siècle.

108. Familles italiennes, généalogies diverses, 6 vol. in-4 reliés en vélin.

Manuscrit du xviii° siècle.

109. Renon, la Diane. *Paris, Dumoulin,* 1844, in-fol. fig. en couleur.

110. Guichenon, Histoire généalogique de la maison de Savoie. *Turin,* 1778, 2 forts volumes in-fol. reliés en veau.

Au commencement et à la fin de la Vacation, on vendra environ 2.000 volumes très-bien reliés, ouvrages de Littérature, d'Histoire de France et des provinces, Noblesse, Gravures, grand nombre de Documents et d'Enquêtes publiés par les Ministères, et reliés en maroquin au chiffre de M. LE DUC DE PERSIGNY.

PARIS. — J. CLAYE, IMPRIMEUR, 7, RUE SAINT-BENOIT. — [170]

RED. :

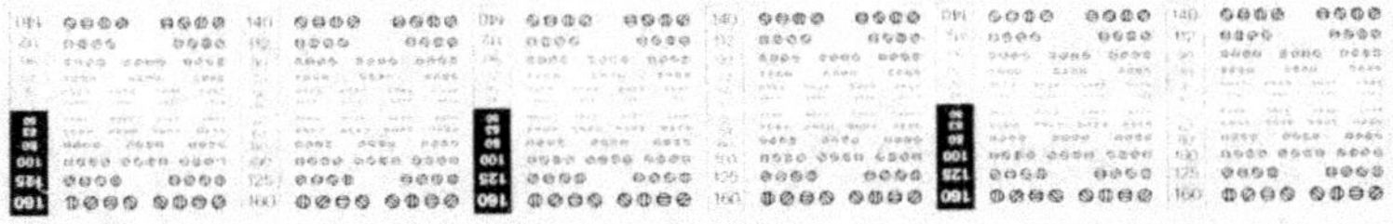

0 1 2 3 4 5 6 7 8 9 10